스노우볼

스노우볼

노수승 시집

38

시와정신시인선

시와정신사

■

시인의 말

새의 발자국엔 가끔 깃털만 떨어져 있을 뿐 목적지
가 없다

내가 살아온 기록에서 나를 꺼낸다

파도는 삶의 응원가였지만 지금은 극도로 고요한
자장가

사람은 마음속에 등대를 품고 있다

등대는 자신을 볼 수 없어 어둠 속에 자꾸만 길을
낸다

이 책을
평생을 함께해온 사랑하는 아내 양은영에게
바친다.

2021. 11. 14

차 례

제1부

폐, 트병

납작하게 깔린 거리의 폐선이었다 억수같이 비 오는 날, 선실에 남은 잔해 싣고 바다로 간다

푸른 숨 빼앗기고 버려진 너의 꺼진 등 함부로 밟을 수 없던 날, 빈 가슴이 되면 깊은 소리로 운다는 걸 알았다

밟힐 때 내는 허공 구겨지는 소리는 한 세상 돌아서서 수 평으로 향하는 적막 이전의 소리

누군가의 입술 온기 스민 자리 실룩이며 남은 숨 서서히 뱉어낸다

사람도 병들면 빈집 양철지붕처럼 처마 스치는 바람 소리 낸다

거듭나기

서로에게 거절 없이
반죽은
경계의 붕괴로부터 시작된다

가루가 물을 먹거나
물이 가루 속에 숨었다는 혼돈

주무르는 건
물과 가루의 오래된 습성을 변주하는 일

빚어진 토기는 얼마나 넉넉한가
살아온 이야기 붓고도 남을 성소 같다

살 속에 뼈 생겨나고
숨소리 고요하게 머무는 공허
차가운 형상 다듬던 손으로
등골의 온기 만진다

꽃밭

푸드덕거리며 쏘아내는
빗방울의 부리들

새들이 봄을 물고 온 뒤
시소가 삐걱대며 잠에서 깬다

아이들이 엎질러지고 미끄러진다

아침이 기지개 펴면 청녹 비늘이 쏟아진다

굴렁쇠 앞세워 달려오는,

낡은 껍질 벗고 서는 맹서들

여보게, 그들은 매일 세계를 갈아 치운다네

석류

태어난 아이의 내일은 설원이다 설원의 표정으로 잠든
다 눈이 녹고 아이들은 호수에 몸 던진다 호수의 물이 끓어
오를 때가 있었다 사람들이 사람을 던져 넣고 길을 물었다
엄마가 보고 싶은 아이들은 뜨겁게 타다 연기가 된다 어둠
이 눈을 가리고 아이에게 꿈을 가져오자 엄마가 아이를 가
두고 꿈 밖으로 나간다 웃음도 말도 검은 밤에는 잠 속으로
떠난다 지구에서 멀어질수록 세상은 아름답다

나는 적색불과 녹색불 사이 걷다 서다를 반복한다 찌그
러진 깡통 속에 갇혀 발끝에 차이는 리듬으로 계단을 오른
다

지붕을 버리고 돌아오는 길에 비 내린다 오랫동안 무거
운 지붕 쓰고 살았다 머리가 하나씩 사라진다 입속에 갇혀
있던 노래가 빨갛게 뿜어져 나온다 나에게 꼭 맞는 이름을
알 수 없다 우리가 믿는 것은 너무 뜨겁다

헌신짝

간혹, 신발이 촉수를 꺼내 바다 속 바위를 더듬는 꿈을 꾼다 촉수 있던 자리를 발름거리면 발바닥이 간지럽다

신발은 4억 년 동안 발의 평안을 위해 모든 기관이 퇴화되고 각피만 남은 실루리아기 해양생물의 변종, 인류와 오랫동안 공생해 온 조개에 대한 얘기다

조개가 발 모양으로 서서히 변하여 각질은 질김과 탄력으로 발을 영접한다 그들에게 해저의 기억은 오직 어디로든 이동하고 있다는 것

가는 곳엔 어디나 발자국 남긴다
길 위엔 언제나 뜨겁게 달라붙은 연분이 있다 무관심의 시간을 달래며 자신을 한 올씩 버려야 했던,

헌신짝은 버려진다
바다로부터 시작된 삶이 바다로 떠내려간다 폐선을 가라앉을 듯 메고 가는 것은 그의 터전이었을 물의 이웃,
한 사람의 발걸음을 돌보던 역부가 요람으로 돌아간다

상갓집 모닥불이 강변에 번진다

장아찌

어려서 가재가 뱀 잡아먹는 것을 여러 번 보았다고 실감나게 이야기해 주던 외사촌, 외숙모 공들이는 무당집 큰아들의 조력으로 농사치 팔아 김포 산단 예정지에 땅을 샀다 머지않아 개발이 시작되었지만 티는 내지 않는다

마당가의 코커스패니얼과 포메라니안은 서로 쳐다보는 일 없이 헛간에 함께 산다 외가에 와서 몇 년간 털을 고르지 않은 모습으로 앞다투어 집을 지켰다 겨울이면 누런 얼음덩이가 매달처럼 주렁주렁 열렸다 갈 때마다 외숙모는 저것, 짖지 마아 하고 지팡이를 높이 들어 올렸다 그들의 이름은 불리지 않았고 밥그릇엔 언제나 묵은밥이 남아 있었다

우스갯소리를 시렁시렁 잘 하시던 외숙모는 뇌출혈로 병원 도착 전 돌아가셨다 딸들이 명껏 못사셨다고 안타까워했다 제사 모시는 아들만 자식이라고 여겼던 외삼촌, 그 이듬해 쯔쯔가무시 합병증으로 세상을 떠났다 생전 화장은 하지 마라셨지만 석재 납골묘에 한 줌으로 남았다

쌍달리 마실골의 머위와 두릅에 초긴장을 붓는다 세상이
어둠에 잠기고 다시 날이 새고 장아찌를 이윽토록 잘도 먹
을 것이다

스노우볼

여름에 눈이 내립니다

지도 위에 적어 놓은 것들이 각각의 향방으로 유영합니다 물고기의 목적 없는 행보를 보고 길치인 척하는 친구를 생각합니다

길은 조금씩 돌아눕고, 우리가 눈치채지 못할 만큼 기울어집니다

밤 짐승의 울음소리와 바람소리 들립니다

귀 기울이면 왜, 아무 소리도 나지 않는 걸까요 눈이 길을 점점 먹어치웁니다 어떤 일은 소리 내지 않고 쌓입니다

우리는 달의 심장에서 잠들고 또 다른 우리는 목적지를 향합니다 어둠이 낮의 껍질인가 생각하다 고소하고 아삭한 밤에 대해 생각합니다 밤을 구우면 아침이 터질까요

얽힌 나뭇가지들이 깃을 텁니다 어떤 자세가 새에게 제격일까 고민합니다 새를 날개라고 읽어도 새의 발자국엔 가끔 깃털만 떨어져 있을 뿐 목적지가 없습니다

누군간 발자국을 남기려고 허공을 딛습니다

문이 당신을 지켜본다

허공의 출입에 관한 이야기다 반복되는 드나듦을 감시하는 나는 비밀을 옹호한다 멋대로 나가고 들어오는 당신의 권한으로 나는 항상 부딪치고 삐걱댄다 내가 책장이라면 누가 함부로 페이지를 넘기고 접을 것인가 또한 당신이 근엄한 문지기라면 마주 잡은 손에 소정의 품격이 들어있지 않겠는가 난 오로지 당신의 오붓한 감힘을 열망한다 스스로 석방될 수 있는 감금, 그것은 감금이 아니다 당신은 자신의 중심으로 빠져든다 난 당신의 타는 입술과 채근하는 듯한 잠꼬대를 기억한다 당신은 밖의 세상에 대하여 언제나 골몰한다 바깥은 항상 호락호락하지만은 않다 저 미지의 한 가운데서 당신은 간혹 흉기를 떠올리고 있을지 모른다 먼 곳을 상상하면 가까운 곳이 멀어진다 먼 곳과 가까운 곳 사이에 벼랑이 있다 가까운 곳부터 무너진다 당신은 떠나려 한다 낡고 메마른 당신이 지평선 밖으로 가라앉고 있다

개똥벌레

불현듯 떠오르는 얼굴 있다 오래전 빙하에서의 죽음을 잠이라 해도 될까 내가 아이스툴을 밤새 찍으면 깨어나 내 이름 부를 것 같다 살아 있는 건 반짝이며 서로의 행방 찾아 날아간다 별 떨어진 자리에 그의 휘파람 묻어준다 더는 찾지 말라고 비문에 썼다 떠오른 얼굴 가두면 내가 미워졌다

나의 머리칼은 하얀 숲이 된다 호수 떠나는 붉은 부리가 내 부르던 이름 하나씩 물고 날아간다 꿈속에 들어와 유령처럼 떠돌다 가는 마을, 그곳에 살던 얼굴에서 만개한 풀꽃이 바위처럼 목마르다

석천 별서別墅

반고체의 침묵으로 건너던
팔월의 밤을
빗소리에 놓아주었다

누가 이 밤,
투명의 항아리를
노변에 뚜벅뚜벅 줄지어 놓았나

파종 의식일까

불벌레가 빛살을 켠다
알 수 없는 곡조를 춤으로
어쩌면 농부의 손끝에서 흩날리는 유언처럼,

목숨 한둘 소비되면
아득한 곳에서 이름 하나 둘 돋아날 것이다

태어나는 것은
머물기 위함이 아니라 떠나기 위함이라고
기록이라도 하듯이

아무 일 없는 듯한 어둠에 살기

우리가 만나기로 한 호수의 벤치는
의지와 무관하게 격리 중이다
우리는 근처 동굴로 이동하기로 했다

검은 천이 우리를 부드럽게 감싸 안았다
아무 일 없는 어둠은 줄곧
무슨 일이 일어날 것 같았다
우리는 손을 잡고 울거나 웃을 수 없는 동굴에
대해 생각해야 했다

박쥐들은 일터에서 귀환 중이었고
봄은 축제의 계절이어서 모두
가면을 꺼내 썼다
안쪽에서 도롱뇽이 해골을 쓰고 나왔다
동아줄 타고 내려오는 잔나비거미의 여섯 개
눈은 요리사
우리는 바깔라* 요리가 되어가고 있었다

이윽고 우리는 뛰는 심장을 동굴에 묻고

호수에 몸을 던지기로 했다

추워지면 서로의 깊이를 좀 더 알 수 있을까 싶어서,

물도 어둠의 동굴을 가지고 있었다

우리는 안일을 기원하며

동굴 밖의 동굴에 대해 생각했다

* 소금에 절여 만든 대구

골목 만상

전봇대가
술 취한 사람 붙들어 옷 벗기고
지갑 턴다는 풍문이 있었고
담벼락은 권력과 염문의 방명록

한 발짝도 걸어보지 못한 직립의 굴뚝에 기대어
객지를 떠돌던 바람이
몇 모금 연기만 지펴 다시 떠난다

감시하는 눈동자 앞에서도
거미는 은밀한 덫을 편다
숨 거두는 과정 낱낱이 공개하는 형장을

어두운 창들은 마주 보며
추측의 예언서를 쓴다

낯익은 얼굴도 투명하게 통과한다

백지

범람이라는,
이토록 큰 고요는 본 적이 없다 수평에서 자라고 있는 건기도, 마주 댄 두 손바닥 안의 침묵이다

우리는 태풍안의 눈빛에 대하여 어떻게 다가올 것인지 상상하며 노심초사한다 그는 폭우와 우레의 항목 손에 쥐고 있으며 우리는 장식품 우산 들고 뻔한 패배 준비한다

붕괴된다는 것,
우리에겐 쌓아 올린 견고한 축대가 있다 하나하나의 돌이 서로 이를 맞대고 물고 있다 그러나 그 속에 존재하는 균열, 균열은 무너지기 전까지 균열이 아니다 무너짐을 위해 존재할 뿐이다

고요 속엔 폭풍우가 살고, 살아 있는 것에만 다가오는 폐허, 안팎이 모두 밖이 되면 슬픔도 남지 않는다
절망도 길이 될 수 있는 백지, 범람을 본다

백패킹

숲길이 훤히 달에게로 달려가는,

달빛의 천길 호수에 침구 편다
해방된 자들의 일기장 속에서 타오르는 포도주와 빵 한
조각의 사랑이 거기 있다

가로등 빛은 밤새 어둠을 갉아먹고 자란다
휘파람새가 휘익휘익 울어 어둠은 점점 단단해지고, 나
는 등불을 밝히려 컵에 별빛을 받는다

숲으로 마지막 병정들이 들어가고 나뭇가지에 걸쳐 놓은
제복이 공중에서 날린다
가로등과 달빛에 닿아있는 어둠이 빛의 밖에서, 알몸으
로 잠든다

구름을 죽은 양들의 무덤이라고 부르는 어느 목동의 후
예처럼 나는 숲을 늑대의 무덤이라 부른다
날 삼키고 잠든 늑대의 무덤

___ 제2부

서랍

한참을 걸었다

숲에서 밑동만 남은 나무들을 본다

시간을 멈추게 하거나 덮어두게 하였다

외출을 애타게 기다리던 새들이 알 속으로 회귀하고 있었다

기억에서 잊혀 고립된다는 것

한 번 갇히면 나올 수 없는 벽이 있다

자주 열지 않으면 벽이 되는 문이 있다

다시 걸었다

숲은 새들의 무덤이다

독방

7호실에는 의자가 있다 7호실에는 책상이 있고, 그 위에 손목시계 형광펜 삼색 볼펜이 있다

독방에는 옷장과 거울, 창문에 커튼, 거기에 서성이는 것들

전기밥솥에 하얀 어둠이 있다 어둠은 복도를 걸어가 얼룩으로 남는다 생각났다 사라지는 것들로부터 얼룩은 나를 구분한다

4층은 혼자가 아니다 밤마다 문틈으로 들어오는 복도의 불빛, 녹색은 안전할까 건강할까 이웃일까

이웃은 말하지 않는다

곳곳에 초대되지 않은 이름들, 4층은 혼자가 아니다 누구나 초대하고 감금할 수 있다

누구의 방문도 거절할 수 있다 독방은 몰두하며 망설인다

수감자는 어떤 것에 흥분한다 복도의 발걸음 소리, 복도의 끝과 끝에서 나는 메아리, 고양이 울음, 쫓기고 쫓는 발걸음, 멈춤

주머니 속 상상

우주를 떠돌다 잠시 머무는 곳
이곳은 답답하고 어지러워
허공을 딛고 어디론가 가고 있다는 느낌뿐,
서로의 얼굴 부비며
미로 향해 치닫던 때 떠올리기도 해

이곳은 역사驛舍처럼 늘 흐르고 있어
나가는 것과 들어오는 것의 환영사와 이별사가
끊임없지
사라지는 것과 다가오는 것,
그것은 우리의 뜻과는 상관없는 일이야
짤랑거리는 동전이 비웃을 뿐

아무래도 우리는
미궁 속의 거주민이 되어 가는 듯해
이렇게 무거워진 저녁엔
하루 속 나의 분신을 헤아리곤 하지

탈출구가 밀폐된 곳에선
스스로 출구를 개척해야 해

사색의 파문이 무한히 확장되는 곳
지금 나는 이곳에서
미래로의 출항을 상상하는 중이야

고립

너에게 가는 길이 사라지면 길보다 앞서 너에게로 달려
갔다

어둠 속에서 제 그림자를 찾을 수 없을 때 구름은 강 속
에 묻어 놓은 열쇠를 더듬는다 창문 열면 바람이 혀를 세워
길을 묻는다 나는 대답 대신 자꾸만 말을 삼키는 버릇이 생
겼다

길이 문 걸고 산 넘어간 곳에선 미아가 되고 꺼내지 않은
말이 녹아내린다 이런 날은 나의 숨도 희박해진다 누군가
구겨지거나 숲이 길을 삼켜버렸을 때, 밤보다 어두운 하늘,
살아 있는 게 모두 보이는 건 아니다

나에게 더 많은 얼굴이 필요하다 써버린 얼굴은 자취만
남고 내가 오래 머물 수 없는 곳이 허공의 대륙이어서 밤을
닫는다

불신

　사막에선 죽음을 평화라 한다 초병의 키가 자라고, 밤이 오면 수평으로 치닫던 그의 눈빛 아래 어둠이 차오른다

　그의 망루는 비밀에 닿고 늘 어둠을 향한다 그는 어린 시절, 처음으로 태양 속에 빠져본 적 있다 빛이 어둠이 되고 벽이 되고,

　세상이 벽이란 걸 알았을 때 언덕에 서서 가족을 부르기 시작했다 서로 잇닿은 마음은 벗을 수 없는 한 몸, 미어캣 한 마리 주변을 살핀다
　어디서나 초병, 끝끝내 초병이다

문, 그 앞에 서면

*

나는 옷장 문을 닫을 수 없다 걸어 놓은 옷들이 철새의 울음소리 낸다 계절과 계절이 차분히 맞닿은 적막 속에서 시간이 말라 굳어졌을, 내가 저 모습으로 살던 기록 앞에서 나를 꺼낸다 나의 육신이 빠져나간 옆구리가 헐렁하다 나에게서 나는 어디까지인가

*

해수를 토하며 얼어버린 고등어 속에 아직 파도가 살고 있다 고등어가 아직 바다를 놓지 않는 걸 보면 바다에서 훔친 것들의 기억이 떠나지 않았나 보다 해저에서 가느다란 숨으로 훔쳐온 삶, 심해 속에 두고 온 물의 체온이 그립다 그에게 파도는 삶의 응원가였지만 지금은 극도로 고요한 자장가, 스스로 잠들 수도 깰 수도 없다

*

침실에 창문이 있다 사계를 담은 우주로 가는 문, 출구를 나와 다시 입구를 찾는 일은 막막하다 떠도는 누군갈 보고 나라고 해도 될까 한없는 추락을 본다 날개를 펼 수 없다고 외치는 자가 잠에서 깬다 허공을 오가는 사이 나는 등대다

우주를 갈망하는 사람은 마음속에 등대를 품고 있다 등대
는 자신을 볼 수 없어 어둠 속에 자꾸만 길을 낸다 길은 길
밖에 있다

피크닉

여기는 종이배 띄우기 딱 좋은 곳 목적지 다다르기 전 젖어 침몰하는 게 출항의 이유, 목적지는 뜨겁고 비리다 종이배의 시간이 흐른다 석회수 떨어지는 소리 오르골처럼 퍼진다 이 동굴엔 박쥐가 없다 기억 속의 사람들이 대신 매달려 박쥐소리 내며 동굴을 지킨다 어둡고 미끄러운 동굴을 나와 앵무새 소리 졸깃한 컵라면을 먹는다

런던아이*에 올라 머리 말리고 낮잠 잔다 나는 곡선으로 잠들고 세상은 직선으로 자란다 이 곳은 멀리를 높이라 부른다 오를수록 가까운 곳이 지워지고 먼 곳은 꿈틀댄다 태풍이 와도 시계는 뒤돌아가지 않는다 시선이 점점 곤두서고 저 아래 급히 걷는 사람들 사이에 내가 있다 썩는 것은 스스로 넘친다 딸기를 좋아하는 아이가 딸기는 무섭다고 했다 올려보는 아이들이 풀벌레 소리 내며 몽돌이 되는 지상의 내력, 높이 오르는 것은 가혹하다

비는 사선으로 내리고 새는 수평으로 진다 비 맞으며 풍경 가로지르는 새는 세찬 파도를 넘는 중, 완성되는 일이 없어 이따금, 비 내린다

* 런던에 있는 대관람차

40

응시

한낱 봄이었던 것 날개 되어 날아간다

날개가 공중의 민낯에 상흔을 남기며
떼 지어 붉은 저녁을 짊어진다

절벽 앞에서 허공의 바닥은 얼마나 깊은가
세상이 깊은 데로 지고

빛은 알몸으로 아침을 이고 온다
죽어도 옷 한 벌 남기지 못한 허세
자국 없는 어둠이 백지로 기운다

과녁은 사람과 동거한 오랜 계율
여기서 질문이 시작되고 답변을 찍는다
정곡에서 빗발치는 치열함
온몸으로 끌어안고 시위를 당길 때

한낱 날개였던 것 몸이 되어 과녁 앞에 선다
격발되기 전 침묵 입에 물고서

도나우

화창한 날엔 도나우에 간다
부다성*의 악사가 중세의 햇살을 켠다
선율에 닳아온 성벽
바이올린의 지판으로부터 이는 물결
강물은 깊은 곳 휘돌아 악보에 없는 음역대로
용솟음 친다

악사가 도나우를 건넌다
물결 따라 흐르며 배영을 즐기기도 한다
너울지다 조금씩 가라앉는다
음의 부력에 의지하여 강을 탄다

나와 악사의 간격으로부터
선율은 도나우를 지나 망루에 오른다
내 몸은 모래바람처럼 흩어지곤 다시 무덤이 된다
성이 된다

호흡만 있는 빈집이 된다

침묵 속으로 선율이 가라앉으면 도나우는 도나우인 채
햇살을 켠다

* 헝가리 부다페스트에 있는 고성

전쟁을 노래함

다시 전쟁이 시작되었다

버들가지에 앉은 직박구리가 전쟁소식을 엿들었다 잠에 깊이 빠졌던 마을에 서둘러 다니며 전쟁소식을 알렸다

그들은 아끼던 보리빵을 품에 넣고 전장으로 나갔다 떠날 때마다 집은 미리 그리웠다 무기의 상태를 살펴볼 겨를 없이 모두 밖으로 뛰쳐나왔다 토박하던 제복은 곧 땀에 젖었다

계곡마다 맑은 물이 흐르고 있었다 전장에 도착하기 전 그들은 이미 전장을 지나고 있었다 이제 완벽한 대열이 갖춰지고 전사들은 총을 치켜들고 함성을 질렀다

전투는 치열했고 아무도 다치거나 죽는 일은 없었다 전쟁으로 인해 새로운 마을이 형성되고 색다른 이주민도 눈에 띄었다

전사들이 돌아오자 사람들이 그들을 환영했다 전쟁을 치르지 않고 죽어가는 사람들, 사람들의 몸에는 멍자국이 선명했다 목이 잘린 사람도 있었다

런닝머신

가도 가도 미완성인,
그는 새가 되고 싶다
자작나무 숲 떠난 구름 속 둥지의 새들은
곧잘 계단을 노래한다

욕망은 그를 자꾸만 끌고 간다
도달할 수 없는 곳으로,*

새들은 돌아올 때마다 신조어를 말하는데
알 수 없는 의미와
세상의 이격이 소리 없이 일어난다

하루의 끝에서
오늘이 충분한 날이라고 말할 순 없지만
가뭇없는 날들의 계단을
그는 오르고 있다

* 루소

나디아의 산*

-네가 좀 더 크면 조디라고 불러줄게 쓰레기 산의 주인이
조디거든

앵무는 대답 대신 횃대에서 보란 듯이 회전을 계속한다
나디아는 새장에 앵무를 놓아 주었고 앵무는 나디아가 새
장 밖에 갇혔다고 생각한다

나디아는 쓰레기 산 너머 꿈을 향해 가고 있다 쓰레기 산
에서 주운 토끼 인형을 빨아 말렸다 동생과 서로 갖겠다고
양쪽 귀를 잡아당기다 한쪽 귀가 떨어져 나갔다 동생은 한
쪽 귀 없는 토끼는 싫다며 울었다 하지만 그날 밤 동생은
토끼를 안고 잠들었다

모아 놓은 플라스틱 더미 위로 해가 저문다

-네가 줍는 게 반딧불이면 좋겠다, 꿈이면 좋겠다
-엄마 저 달 좀 봐
-달이 튀김같이 생겼구나

나디아는 매일매일 다다르는 곳에
자신이 떠난 빈자리를 본다

무엇을 간절하게 꿈꾸는 건
자주 부재중인 자신을 확인하는 것이기도 했다

* EBS 다큐프라임 – 천국의 아이들

외계인

—

여기는 상상하던 것보다 더 기이한 숲, 하지만 모두 낯설
어하지 않는다 당신은 나무에 오르며 생각한다 낮잠 자기
엔 늙은 느티나무의 굽은 등이 좋을 거라고

당신은 여전히 카멜레온에 대해 알지 못한다 그는 당신
과 함께 태어났으며 함께 살고 있다 체색 변화에 능한 그는
간혹 밖으로 뛰쳐나온다 사람들은 그를 당신이라고 읽는다

그는 위장하여 자신을 나뭇가지에 숨기고 아무 말 없이
한참을 쪼그려 있기도 한다

서로 다른 곳을 보는 두 눈은 카멜레온의 내력이다 그의
발톱은 당신을 움켜쥐고 있다 자신도 모르게 무엇이 되는
건 다시 태어나는 것과 같다 그는 당신인 것처럼 말한다

변신을 좋아하는 그에게 필요한 건 눈빛을 숨기는 일, 색
안경 너머로 계절이 빠르게 지난다 당신은 기다란 혀로 지
나가는 사람을 순식간에 가로챈다 통째로 삼키느라 숨이
벅차다

아무도 카멜레온을 눈치채지 못한다 세상은 당신을 알수 없고 당신은 세상을 엿본다 언제나 세상으로부터 숨을 준비가 되어 있다 당신은

독주獨奏

느티나무 사이로 보이는 초등학교 담장, 가을이 감나무에 들었다 가로등 아래 걸어가는 사람, 누구일까 크게 기색은 없지만 그는 술에 조금 취해 있다 어디로부터 담장을 따라 어디로 걸어가는 걸까 저녁 산책 나온 옷차림은 아니고 작업복을 갈아입은 외출복 아니면 그대로 일에 전념했을 옷차림, 그는 술에 조금 취해 어디론가 느리게 걸어가고 있다

학교 담장을 돌아가면 강변이 나오고 아파트 후문, 어디로부터 어딘가로 가는 사람, 난 그를 보며 생각한다 그의 가족과 이웃, 직장에 대하여, 그러나 아무것도 알 수 없다 대체 무엇에 골몰하며 걷는지 술에 취하지 않은 것처럼 어디로부터 걸어오는 사람, 난 그를 모른다 하지만 잠시 그의 생각으로 가득하다 알 필요 없는 그의 행적이 궁금하다 물어볼 수도 물어볼 필요도 없다

그는 어느 곳을 향할 것인가 그는 지금 혼자일 뿐이다 그의 곁에는 바람만 간간이 지난다 조금 술에 취해 걷고 있는 한 사람에 불과하다 그를 누구라고 부를 수 없지만 그는 지금 걷고 있다 나에게 그의 앞길은 보이는 곳까지, 담장을

돌아가면 그는 나에게서 떠나고 그의 길을 알 수 없다 그는
가던 길을 가고 나도 나의 길을 간다

_____ 제3부

새의 외출

잇몸으로 옹알이를 쏟아내는 날, 세상은 여기부터 시작
되고 끝나기도 합니다

응고와 풀어짐의 심장을 조율하는 감정처럼 아이는 수시
로 허공에 얼룩을 남깁니다

날개는 최선을 다해 자랍니다 아이는 무너뜨리기 위해
블록을 쌓고, 쓰러지는 걸 즐거워합니다

창문 열면 구급차량의 사이렌 소리가 자주 들리곤 합니
다

울음으로 먹이를 부르고 서로에게 번지는 즐거움은 눈빛
이 빗나가도 무관합니다

아이는 쌓는 일을 뒤로하고 날아오르는 동작을 익히고
있습니다

우리는 겨울을 지나온 사람처럼 살고 있다

내일 강수 확률은 50퍼센트
아침이 오지 않을 수 있다

파티에 닿기 전
추녀에 매달려 탈진한 샴페인 한 방울
사막을 달리는 낙타무리처럼
아스팔트 위에 먼지만 일고 떠나는 폭도들

밖은 아직 춥다
허공을 맴돌며 땅에 닿지 않는 눈발
내려앉는 무게보다 가벼워서
우리에게 들리지 않는 노래

지하에서 나는 심박소리가
샛눈으로 밖을 엿본다

-50퍼센트의 강수확률엔 믿음을 믿으세요
믿음으로 분명해지는 세계가 있어요

우리 앞에 놓인 한 컵의 물이 갈증이다
아직 밖은 춥다
다시 봄이 와도 같을 거라는 게 신비롭다

감자꽃

두 구멍의 단추가
순한 눈으로 바라볼 때
누이는 단번에 바늘을 꿴다

단추가 질끈 눈 감으면 겨울이 가고
어느새 감자꽃이 폈다

해진 옷들이 노루발을 떠나
날개 실룩이며 날아올랐다

누이는 휘파람 소리 내는 방법에 대하여 말하였고
나는 소리가 나지 않아 믿지 않았다

연미산 너머 금강 다리 건너면
호떡 굽는 냄새부터 났다

마을 앞 노란 지붕 택시 서면
금세 서울 소식 번졌다

임종

겨울나무의 용서를, 손짓을
한 번도 깨닫지 못하고
손을 잡았네

나무가 잠시도 쉬지 않고 허공에서
몸을 흔들며 잎을 피워

호수 같은 그늘로
얼마나 품고 싶었는지 모른 채
뼈만 남은 겨울나무의 손을
잡았네

속에서는 여전히 움트고 있는
겨울나무의 사랑을, 손짓을
꼭 잡았네

유품

11월 벽시계의 초침이 쓸쓸하게 호숫가를 걷고 있네 낙엽은 지상에 새겨 놓았던 제 그림자를 찾아 돌아가며 움의 고요와 바람과의 염문, 틈틈이 써 내려온 시집 속의 이야기를 한순간에 지우네

홍정하는 소리 울창한 장터에서 외줄에 오르던 아버지의 지워진 생이 여기 있네

초침이 총성을 내며 돌아가는 무대에서 우리들의 아버지가 총에 맞아 쓰러지고 또 쓰러지네

막이내리고 유품이 거래되는데, 아버지는 보이지 않네 아버지는, 아버지보다 유품이 값진 짐승이었네

허공에 남은 아버지의 발자국에서 새가 걸어 나오네 외줄에 부리를 다듬으며 벼리고 있네 허공에 벼랑이 있어 새는 외줄 타며 일생을 살기로 하네

나비

머지않아 종소리는
들려올 것입니다

유별나게 꽃을 좋아하는
이 마을 사람들은

이른 아침부터
시렁에 놓인 사기그릇의 청색 잎들을
닦곤 합니다

길이 막힌 곳에서 흰 지팡이를 펴고
지나온 길에 갈 길을 잇대는 것은

오늘을 벗는 의식입니다
내일에 새 신발 한 켤레 내려놓는 일입니다

공중에서 태어나 공중으로
날아가는 풍경은 아름답습니다

아무도 그들을 우리 속에 가둘 수 없습니다

아버지와 산책하기

숲에 고여 있는 생각 일으켜 세우면
나무들과 함께
아버지가 걸어 나온다

아버지는 별이 되고 밤하늘에 번진다
볼 때마다 가늘어지는 나의 눈빛

오래된 벽화 거리로 나선다
오래된 벽은 아버지의 얼굴
길은 언제나 다정하게
새벽에 닿기 전 갈라지고 다시 시작된다

아버지 품은 언제나 헐렁했다
몸내가 잠속에 흥건하여
언제나 밤은 강물을 고요히 건너는 돛배

나는 미처 뱉지 못한 고백처럼 아버지를 부른다
이따금 창밖에 서성이는 아홉 살은 닮아도

닦이지 않았다

초침이 목발 찍으며 멀리 달아날 땐
긴 터널만큼 내일은 멀었다
오늘을 위해 내일을 버렸다

공존

평생 숨 쉬는 건 지루합니까 고물은 숨 쉬는 걸 멈추고
있나요 고물더미에선 고물이 아니어도 고물입니까 어쩌다
여기에 오셨나요 가짜 고물이 넘쳐나고 있어요

호흡을 멈추고 있거나 필요한 만큼만 얻는 게 소신이죠
몸에 이력을 층층 감고 있군요 입으로 말하는 것 보다 소중
해요

녹물 흐르는 엔틱한 세탁기 속은 커피 한 잔 생각나게 하
는군요 고물 속에서 태어나면 고물입니까 새도 고물일 수
있나요 혈관과 장기가 훤히 들여다보이는 생명이 태어납니
다

심장이 뛰고 있어요 자라서 날면 고물이 난다고 놀리겠
군요 요즘 날개가 대세인 것 아시죠 놀랍지 않나요 날개 없
인 걸 수도 없는 세상입니다
버려진 노인이 손녀를 품고 있네요

환상

어쩌면 이 세상에서 내가 만져본 것 중 가장 미끄러운, 비누를 손아귀에 넣고 부드럽게 문지를 때 거품은 꿈일지 모른다는 생각

뽀송해진 영혼이 다른 세포로 옮겨가면서 깨어나게 되는 지혜의 목소리일지도,

물속의 반신이 물 밖의 반신을 끌어당긴다 몸이 기운다 떠돌다 멈춰 설 때 나는 커튼 드리우고 많은 궤도로부터 탈주범이 된다

쏟아지는 물이 라디오 소리를 하수구로 흘려보내거나 라디오 소리가 물소리 안에 들어가 가부좌를 틀거나 그러진 않았을 하울링

나는 다만, 물을 거슬러 오르는 숭어다 물방울 속에는 어떻게 그 많은 것들이 살고 있을까

나의 하루와 하루 속의 나, 오가는 많은 사람들, 저절로 넘치는 웃음소리들이

강물이 흐르는 건 녹을 일이 많다는 생각입니다만,

혹시 녹아보셨나요?

끈적일까 봐 얼른 입속에 넣었는데
눈치 없이 너무 빨리 녹네요
우주의 체온으로 빙하가 녹듯
주머니 속 사탕 하나가 강을 이룹니다
나는 비로소 흐르게 됩니다
강물이 흐르는 건
녹을 일이 많다는 생각입니다만,

가으내 지구의 맛은 변신하죠
파란하늘이 신맛이면
바람이 단맛을 불어옵니다
먹구름은 곧 걷힐 테니
쓴맛은 단맛 뒤에 숨습니다

우는 아이 입에 사탕 하나 넣어 줍니다
단맛의 기분이 표정이 됩니다
사탕이 되려는 악당도 있을 법해요

누구나 맛이 기분이 되고 기분은
태도가 되기도 하니까요

내 맘 따라 하늘빛이 바뀌는 건 어쩔 수 없어요
언제나 하늘은 강물처럼 흐릅니다
나는 터무니없는 말을 종종 실려 보내죠

점점 딱딱하고 뭉뚝해지는 세상엔
녹으며 작아지는 사탕이 약입니다
녹는 건 거짓이 아니니까요

헬로우! 헬로우!

정글색 지프 한 대 산마을에 왔다
아이들이 모이자 눈 내린다

모두 총구 따라 하늘 본다
마을 뒷산 대숲으로 부러진 날개 곤두박질친다

대숲은
누웠다 일어나기를 반복하며
한 넋을 받아 안는다

대숲 한가운데의 하늘은 우물이었다
달이 뜨고
드리워진 댓잎에서 나는 퍼런 이끼 냄새
약속 같은 구름도 지나간다

대숲은 잠든 새들을 안고 우물가로 나와
깃을 씻긴다

뒤돌아보기

돌다리 건너면
무엇인가 물에 빠뜨린 것 같아
뒤돌아본다

호수에 비친 그림자가 중얼거린다
생각지 않으려는 악행이 자꾸 떠오르는 걸까
뉘우치는 걸까

수면은 알고 있을까
물푸레나무가 자신에게 거꾸로 매달려있다는 것을,
자신이 흔들고 있다는 것을,
이따금 뭉개고 부러뜨리기도 한다는 것을,

카피의 기술은 가졌으나 개칠만 계속하는
수전증 환자인 것을

등대

창이 구름 헤치며 달려간다
창밖을 내다보는 건
구름 한 조각 얻어 마시는 일

막 오르기 전
너무 쓰거나 달아서 돌아서는 이웃들
오직 어둠만이 그를 지키려고 노심초사한다

사선으로 비추는 열망은 가파르다
열망 아래의 객석은 늘 비어 있다
어둠보다 캄캄한 밤
그는 혼자다

자신을 볼 수 없어 어둠 속에 자꾸만 길을 낸다
그가 머물 수 있는 곳은 없다

해변의 모래주름 타고

파도가 연주곡을 되풀이하는 동안

음반 위의 바늘은 섬을 넘는다

숟가락 변론

그녀는 에스라인, 테이블에 도열하여 하루의 시작을 엄숙히 선언한다 혀와 입술에 마음을 열어 언제나 가족의 허기를 대변한다

배고픔은 배고픔에 몰두한다 그녀는 나의 허기진 날과 배부른 날들을 기억한다

때론 그녀를 소반에 얹기만 하면 지나는 식객이 허기를 채우고, 차려 놓은 반상에 그녀를 멋대로 올리는 이는 파렴치한으로 몰리기도 한다 그러므로 그녀는 초대된다

우리는 주인 따라 그녀를 공범으로 몰아세운다 금, 은, 동, 흙이라는 가면을 씌우고 증오나 동정 자아낸다
이를테면 그녀는 결백하다

___ 제4부

초행길

추분 무렵
도랑 가 이발소집 불 꺼지면
정문거리 게막에 느지막이 등잔불 켜진다

일렬로 산나끈에 묶인 참게들은
덫에 걸린 가을을 거품으로 토한다

된장 풀은 물에 등딱지가 붉게 변하고
양은 냄비가 대신 게거품을 토한다

언젠가 한 번 온 길도
처음 가는 길보다 먼 길이 있다

입추

그 동안 베어본 적 없는 성경을 베고
낮잠을 청해보는데요

오늘 따라 PVC타일 바닥이 시원했고요
알맞은 높이와 가죽 커버가 낮잠에는
딱이라고 생각했습니다

성경엔 태어나고 죽는 이야기와 서로
싸우는 이야기도 많은데요
오늘따라 주일학교에서 외던
요한복음 3장 16절 말씀*이

낮잠을 즐기려는 어느 한량에게
불현듯 떠오르는 한낮입니다

이렇게 편안한 베개는 처음이라고,
중얼거리며 잠들었습니다

* 하나님이 세상을 이처럼 사랑하사 독생자를 주셨으니 이는 그를 믿는 자마
다 멸망하지 않고 영생을 얻게 하려 하심이라

원목 테이블

악어의 눈빛
옹이로 들어와 박힌
오세아니아 수림에서 온 한 조각 편지

원주민의 주술
테이블 위에 파문으로 남은
육신 펼쳐
연륜의 메아리 듣는다

하늘로 치닫던 물고기
강줄기 벗어나
테이블 복판에서 유영하는 화석이다

사납던 산맥 잘린 평면
마주 앉아도 그리운 사람들
원목 테이블 위에 테 하나 남기는 것은
또 하나의 그리움으로 남는 것이다

길은 길일 뿐이다

길은 서두르지 않고
피곤한 기색 없이 달린다

정함 없는 목적지
어딜 향해 달린다는 의미도 없이
밤낮 쉬지 않고 달린다

인적 없는 밤이 되면
몸을 추스르며 꿈틀대고
납작 엎드려 몸을 풀기도 한다

한 귀퉁이 툭 치면
동시에 일어설 생명력
길은 끝을 향해 치닫는다

달린다는 사실만으론
다다를 수 없는, 길
사람들은 그 위에 서서 고뇌한다

길은 언제나 목적지 밖에서
꿈틀덴다

나의 섬은 평화롭지만,

그들은 죄 없다
파도에 실려 왔을 뿐

바람 거세지면 파도 일어 서핑을 즐긴다
백사장엔 서로 알지 못하는 무리 섞여 술렁인다
그들의 세상이 완성된 것처럼, 거품에 잠겨 선탠을 즐긴다

버려진 것은 자유롭다
버려진 것에는 누명,
벗을 수 없는 누명은 죄가 되기도 한다

내가 버린 것들이 무리 지어 촛불 치켜들 수 있다는 걸
모른다

말이 세상을 삼키듯,
비폭력 속에 있는 폭력
폭력은 끊임없이 번식한다

그들은 서핑을 즐기고 나의 섬은 여전히 평화롭다

버려진 것은 자유롭다

돌고래 바다에 보내기

기대에 찬 눈빛들
파란 하늘과 풀의 빛깔은 언제나 같다
발레를 시작한 미니가 무대에 섰다

어미의 후류를 감지하며 이탈하지 않던 미니
요리조리 발을 비꼬며 점프한다
넘어져도 재빨리 일어난다
일상은 공연이다

높이 뛰어오르면 소리치며 좋아하는 사람들
뛰어 오르는 순간과 넘어질 때 변하는 관객의 얼굴
미니는 갈채를 받아내기 위해 골몰한다

얼마나 뛰어오르면 바다를 볼 수 있을까
좀 더 높이 바다를 볼 수 있을 때까지
그는 점프, 점프, 점프한다
환호성의 바다에 머물지 않기를 바라는 마음으로
우리는 환호한다
새끼갈매기처럼 허공에 몸을 던지지만

파도 너머의 바다는 보이지 않는다

미니가 레베랑스*를 흉내 내다 넘어진다
미니는 넘어질 때 다시 태어난다

* 발레에서 상반신, 무릎을 구부리고 하는 인사

별난 사람

등짐 지고 가다 보면
곧은 발자국 남지
눈이 커지고 귀가 자라는
희귀병이 오고 있어

불평 없이 따르며
다른 주인 생각해 본 적 없지

목적지는 알 일 없고
가다보면 목적지였어

어디쯤 왔는지도 알 필요 없지
발자국이 남아 있어

가까운 여정은 싫어
걸으며 생각해야 할 게 많아서지
등짐 지고 걸으며
생각하는 게 단잠보다 좋아졌어

눈이 커지고 귀가 자라는 만큼

점점 작아지는

당나귀가 되어가고 있어

스승

앞 다투는 일을 원만하게 중재하신다

수만 모래알을 세는 시간이

정확하시다 초연히

어

제처럼 오늘을 사신

다 한 번씩 뒤집히는 삶에도

익숙하시다 평생 남을 위해 사신다

거머리

그녀의 파리한 얼굴이
얼음판 위의 조각처럼 액정에 놓여 있다

빨간 컵라면을 들어 보이며
요즘은 먹는 대신 가지고 놀아요, 라고 말한다
그녀의 웃음이라는 껍질은
수많은 통증의 초상일까

그녀 얼굴 반쪽은 겨울이고 나는 그 곳을 걷고 있다
눈길 같이 포근하고
빙판처럼 미끄러운 눈빛을 바라본다
집요하게 달라붙은 것들이
조용히 그녀를 데려가고 있다

새로운 것은 때로 절망이다
자주 넘어지는 생각들을 세워도 다시 누웠다
자라나는 생각들을 마음대로 지울 수 없다
순종하는 가축처럼 그녀는 이끌려 갔다
종차의 플랫폼이
그녀의 견고해진 영혼을 마중하고 있다

나는 화가입니다

이른 아침 꿈이 모락모락 피어납니다 오늘처럼 까치가 새벽에 우는 날엔 서둘러 투명한 목소리처럼 날이 밝아옵니다

화폭에 담을 수 없는 것들은 시를 쓰려 합니다 그들은 화두의 요정 낚시꾼의 가족사와 화폭 뒤에 숨겨진 삶의 이글거리는 풍속들이죠

오늘은 근처 솔밭에 소풍 나온 아이들이 있습니다 한 아이가 도롱뇽을 보물찾기로 잡아왔습니다

훼방꾼이 화폭 위로 튀어 올라 그림을 깨뜨립니다 자신의 존재를 피력하는군요 가두어 둔 망각은 언제 튀어 오를지 모릅니다

나는 두어 번 심호흡을 하고 그리던 그림 속으로 다시 들어갑니다 아이들이 돌아가고 쓸쓸하여, 날아가는 철새 행렬과 채점자처럼 선을 긋고 지나간 비행기 똥을 그려 넣기로 합니다

해가 지면 화폭을 접으려 하지만,

달님이 낮에 그려 놓은 나지막한 능선 곁에 앉아 신갈나무 잎을 흔들고 있습니다

기린

그녀의 목소리는 매실 맛이다 햇살이 미끄럼 타는 정오의 비탈진 목이 습지를 찾는다 하늘 높아 그녀의 눈은 망루의 초병이다 큰 키로 구름 훔치다 하늘을 찢는다 넓은 시야 속 묻어놓은 자신을 반추하며 갈린 시간 길게 내뿜는다

물방울이 점점 쇠락하는 것은 자신의 전부를 버리고 꿈을 키우는 일, 그녀의 옷은 얼룩무늬다 물방울의 뼈다 꿈의 풍선들이다

긴 다리로 허공을 박차며 초원을 달린다 성큼성큼 다가오는 것들을 받아 적듯이 꾹꾹 눌러 쓰듯이

만허滿盧

어린이는 존재한다 당신의 머릿속에 뉴스의 화두에, 어린이 옆엔 장난감, 어린이는 천진하다 장난감은 더 천진하다 장난감이 어린이를 가지고 논다 어린이날은 시끄럽다 어른이 흥분하면 어린이도 소리친다 수많은 바코드가 교차한다 소란함은 욕망의 숲, 숲은 욕망으로 가득 찬다

장식하고 파티 연다 파티엔 풍선아치, 아치는 통과하는 자들의 것, 통과하는 자는 새로운 이름을 얻는다 이름은 풍선처럼, 점점 쪼그라든다 현수막은 기념한다 무엇을 기념하는지 알 수 없을 때 현수막은 홀로 기념한다 파티는 파티다 모이면 변하는 사람, 나에게 내가 없고 당신에게 당신이 없는 자신의 자신

가벼운 것은 날아간다 날아가는 것은 모두 가볍지 않다 띄우려 하면 가라앉는다 가라앉는 것은 모두 무겁지 않다 기구에 탄 사람들은 즐겁다 즐거움은 가볍다 기구 속의 헬륨가스도 가볍다 무거운 것 속에 가벼움이 있다 가득 찬 것은 무겁다 무거운 것도 날아간다 가득찬 것은 비어 있다

문득, 바람

할 일 없는 놈이라고 놀리면 휘익 덤벼들 것 같아 얼마나 쓸쓸한가라고 묻는다 어디로 간다는 결의도 없이 나를 문 밖에 세워 놓고 몇 번이나 뒤 돌아보며 멀어진다 나도 어디로 가고 있는지 생각한다 뜻밖에 네가 찾아 올 때면 계절이 비껴가고 있음을 알았다 보도블록 사이 꽃망울 흔들어 깨우고, 맑은 하늘의 구름 가을로 불어가던, 계절이 바뀔 때 유달리 서성이며 생각에 빠지는 너, 아무도 바라보지 않는 생과도 함께한다 밥 짓는 굴뚝 돌아 나온 까마구손으로, 하수구 기웃거린 불량하고 때론 냄새나는 유령으로 다가온다 두 손을 모으기도 하고 머리 풀어헤치기도 하는, 계절의 길잡이로 무릎이 닳는 전령이다

변혁의 힘과 생명의 영속성

조해옥

1. 겸허함과 순응이 가져온 것

　노수승 시인의 시집 『스노우볼』은 일상에서 만나게 되는 성찰의 대상이 무엇이든 그것의 본질에 다가갈 수 있는 시인으로서의 탁월함을 보여준다. 그의 시에 밑바탕이 되는 고행자 의식과 예각의 감각은 온유함과 순응과 자기 절제에서 자연스럽게 만들어지는 것이다. 이 같은 시적 감각과 대상을 대할 때의 유연한 태도는 겸허함과 순응이 가져온 시인의 안목과 연결된다. 일상과 자연에서 새로움의 힘을 발견할 수 있는 자의 내면은 그동안의 굴곡진 자신의 체험에서 터득한 겸허함과 순응과 자기 절제의 힘과 깊은 연관이 있다. 자연의 이치를 받아들이는 자의 내면은 겸허함으로 가득하다. 고난과 굴곡진 체험이 그를 그러한 덕목으로 이끌어왔기 때문이다. 그의 시에 쓰인 표현들은 곧 그의 체험에서 터득한 삶의 본질이며 내용을 그대로 담고 있다고 말할 수 있다.

노수승 시인은 눈여겨보지 않으면 알아차릴 수 없는 날마다 새로워지는 시간을 일상에서 찾아낸다. 변혁은 큰 힘에서 나오지 않는다. 변혁의 힘을 그는 매일 이어지는 일상 시간 속에서 시인이 만나는 모든 것들에서 발견한다.

> 오늘을 벗는 의식입니다
> 내일에 새 신발 한 켤레 내려놓는 일입니다
>
> 공중에서 태어나 공중으로
> 날아가는 풍경은 아름답습니다
>
> 아무도 그들을 우리 속에 가둘 수 없습니다
>
> — 「나비」 부분

날마다 새로워질 것이라는 믿음은 화자의 체험에서 나온다. 변신하는 나비는 자유로움과 새로움을 상징한다. 그는 나비에게서 "오늘을 벗는 의식"(「나비」)을 발견하고 꽃밭의 자연물에서 "낡은 껍질을 벗고 서는 맹서들"(「꽃밭」)을 발견하는 시의 화자들은 "매일 세계를 갈아 치"우는 존재들, "내일에 새 신발 한 켤레 내려놓"는 존재들은 어제의 시간에 머물지 않기 때문에 과거의 것에 고착되지 않는다. 날마다 새로워지는 자유는 나비가 나는 모습처럼 평온하고 아름답다. "아침이 기지개 펴면 청녹 비늘이 쏟아진다//굴렁쇠 앞세워 달려오는,//낡은 껍질 벗고 서는 맹서들//여보게, 그들은 매일 세계를 갈아 치운다네"(「꽃밭」)에서처럼, 시인은 일상에서 만나는 것들에서 새로움을 가져올 에너지를 발견한다. 봄을 맞은 꽃밭의 생명들을 바라보는 그의 내면은 새로운 세계를 향한 강렬한 갈망으로 가득하다.

「폐, 트병」과 「스노우볼」과 「거듭나기」 등의 작품은 노수승 시인이 지닌 인식과 성찰의 깊이를 짐작할 수 있는 시편들이다. 시인의 시적 자아는 생을 다 하고 버려진 존재들, 지상에서 가장 소외된 존재들에게서 생의 내력이 무엇보다도 귀한 존재라는 것을 잘 알고 있다. 이들 작품에서 시인은 끊임없이 불협화음과 갈등을 만들어내는 자신에 대해 성찰하면서 그는 소음이 들끓는 현실 속의 자신에게서 초연하게 거리를 가질 수 있게 된 시인의 내면을 살펴볼 수 있다.

노수승 시인은 『스노우볼』에서 우리가 처한 삶의 여건과 현실에 대해 예리하게 비판하고 있다. 그가 경험하는 세상은 안주하기 어려운 임시 거처에 지나지 않고 유한한 시간이 흐르는 곳이다. 이러한 시인의 인식을 잘 보여주는 작품들이 고립의식을 담은 시편들이다. 「독방」, 「고립」, 「서랍」, 「불신」, 「문, 그 앞에 서면」 등을 보면, 차단되고 폐쇄된 장소에서 고립감을 느끼는 시적 화자들의 자의식이 나타난다. 「독방」에서 이웃과 소통하지 않는 것이 화자의 자발적 선택이었다고 할지라도 결국 그는 독방에 갇힌 수감자에 지나지 않는다. 「고립」에서 고립의 상태에 빠지게 된 것이 화자가 선택한 것이 아니다. 화자가 '너'와의 소통을 위해 고립된 장소에서 벗어나려고 하지만 그러한 시도는 가능해 보이지 않는다. 「서랍」에서 서랍은 화자의 고립된 내면을 드러내는 상징물이다. 「불신」, 「문, 그 앞에 서면」 등에서도 폐쇄된 공간들은 시적 자아의 고립감을 드러내 준다.

시집 『스노우볼』에서 「아버지와 산책하기」, 「임종」, 「유품」, 「공존」, 「새의 외출」 등의 작품은 노수승 시인이 자신의 시를 통해 구현하려고 영속적인 삶에 대한 인식이 잘 형상화되어 있다. 그의 시적 자아는 아버지의 죽음을 통해 생의 유한함을 절실하게 인식한다. 그러나 그는 한 개체의 생이 또 다른 개체의 생으로 영속된다는 깨달음을 통해 우리 존재의 유한함을 초월하고자 한다.

2. 생의 이력을 담은 성소(聖所)

노수승 시인은 모든 존재가 지닌 삶의 경건함을 이해하는 눈을 갖고 있다. 소외된 존재들이 내뱉는 지상에서의 마지막 날숨에서 그는 소외된 존재들이 지닌 생의 내력이 그 어떤 것보다 성스러운 의미를 지녔다는 것을 알아차린다. 역설적이게도 지상에서의 마지막 순간에 지상을 초월하는 경외스러운 존재였음이 드러난다. 이 같은 노수승 시인의 인식과 성찰은 편견

이나 차별적 시선에서 그 스스로 벗어나 있기 때문에 가능하다. 그는 생명을 가진 모든 존재들의 몸을 성스러운 장소, 즉 성소로 인식한다.

납작하게 깔린 거리의 폐선이었다 억수같이 비 오는 날, 선실에 남은 잔해 싣고 바다로 간다

푸른 숨 빼앗기고 버려진 너의 꺼진 등 함부로 밟을 수 없던 날, 빈 가슴이 되면 깊은 소리로 운다는 걸 알았다

밟힐 때 내는 허공 구거지는 소리는 한세상 돌아서서 수평으로 향하는 적막 이전의 소리

누군가의 입술 온기 스민 자리 실룩이며 남은 숨 서서히 뱉어낸다

사람도 병들면 빈집 양철지붕처럼 처마 스치는 바람 소리 낸다
— 「폐, 트병」 전문

위 시는 페트병이 발에 밟히면서 나는 소리에 대한 명상이다. 시인은 시에서 '페트병'을 "폐, 트병"으로 표기하고 있는데, 이는 소용이 다하여 버려진 것이라는 의미의 언어유희이다. 폐기물로 버려진 빈 플라스틱병은 용적을 덜 차지하도록 하기 위해서, 그리고 수거하기 쉽게 하기 위해서 납작하게 밟힌다. 생의 끝에서 페트병은 "적막 이전의 소리"를 낸다. "적막 이전의 소리"는 생의 시간이 소멸한 빈 몸뚱이가 내는 소리이다. 위

의 시에서 버려진 페트병과 병든 사람이 중첩되어 나타나는데, 그들은 생의 끄트머리에 서 있다는 동질성을 가진 가장 소외된 존재들이다. 그들은 고된 생의 여정을 다 걸어와 영원한 수평의 시간이 임박한 순간에 그 어느 때보다도 자신을 가장 선명하게 드러내고 있는 것이다.

여름에 눈이 내립니다
지도 위에 적어 놓은 것들이 각각의 향방으로 유영합니다 물고기의 목적 없는 행보를 보고 길치인 척하는 친구를 생각합니다
길은 조금씩 돌아눕고, 우리가 눈치 채지 못할 만큼 기울어집니다

밤 짐승의 울음소리와 바람소리 들립니다
귀 기울이면 왜, 아무 소리도 나지 않는 걸까요 눈이 길을 점점 먹어치웁니다 어떤 일은 소리 내지 않고 쌓입니다

우리는 달의 심장에서 잠들고 또 다른 우리는 목적지를 향합니다 어둠이 낮의 껍질인가 생각하다 고소하고 아삭한 밤에 대해 생각합니다 밤을 구우면 아침이 터질까요

얽힌 나뭇가지들이 깃을 텁니다 어떤 자세가 새에게 제격일까 고민합니다 새를 날개라고 읽어도 새의 발자국엔 가끔 깃털만 떨어져 있을 뿐 목적지가 없습니다
누군간 발자국을 남기려고 허공을 딛습니다

- 「스노우볼」 전문

위의 시에서 스노우볼은 이중의 의미를 갖고 있다. 그 첫 번

째는 눈이 내리는 지극히 평온한 세상의 이미지이다. 두 번째는 평온한 세상과는 전혀 다른 의미인데, 그것은 화자에게 세상의 한 풍경을 담은 완구인 스노우볼은 화자가 살고 있는 세상, 곧 위장과 은폐와 불공정한 현실의 축소판이라는 것이다. 화자가 일상에서 망각하고 있는 현실의 이면을 그는 스노우볼을 통하여 날카롭게 인식한다.

화자가 동경하는 이상적인 세계의 이미지는 '스노우볼'이다. 눈이 내리는 평온한 세상은 실체가 없는 이미지에 불과하다는 것을 화자는 잘 알고 있다. 소리가 없는 세상은 그것이 가상 이미지에 불과하다는 것을 잘 나타낸다. 평온해 보이지만 소리가 없는 그곳은 어쩌면 소리로 방향을 짐작하며 갈 수 없는 세상, 즉 "목적지가 없"는 세상의 이미지이기도 하다. 그럼에도 화자는 "누군간 발자국을 남기려고 허공을 딛습니다"에서처럼, 방향성을 잃은 존재일지라도 '허공'에 발걸음을 내딛는 누군가를 상상한다. 화자가 목적지도 없고 방향도 모른다 할지라도 앞으로 나아가려는 누군가의 발걸음을 상상하는 것은 위장과 은폐와 불공정한 세상에서 잃고 싶지 않은 그 자신의 이상일 것이다.

노수승 시인의 시는 일상에서 얻은 깨달음을 표현하는 과정이다. 「거듭나기」에서 토기를 빚는다는 것은 형상들이 다 없어진 흙에서 다시 그릇이라는 형태를 만드는 것이다. "빚어진 토기는 얼마나 넉넉한가/살아온 이야기 붓고도 남을 성소 같다"에서처럼, 형상과 경계가 소멸된 반죽으로 빚어진 토기들은 시의 화자가 보기에 '성소'처럼 여겨진다. 화자는 토기에서 창조의 시간을 본다. 형상을 가졌기 때문에 만들어지는 아집과 경계는 충돌과 불화를 일으킨다. 이러한 충돌과 불화가 모두 사라진 상태인 흙을 반죽하여 재탄생하는 그릇들은 이전의 형상들과는 무연한 것으로 '거듭나기'를 한다. 토기를 바라보면서 화자는 소멸과 재창조의 시간의 흐름을 감지하면서 자신의 현재에 대해 성찰한다.

3. 고립된 무대 위의 존재들

노수승 시인은 고립의식을 노래한다. 노수승 시인의 고립의식을 보여주는 시편들로 「독방」, 「주머니 속 상상」, 「고립」, 「서랍」, 「불신」, 「문, 그 앞에 서면」 등이 있는데, 시의 화자들은 외부와 소통이 차단된 존재들로 나타난다. 시인은 타자와 소통하지 못하는 존재들을 독방과 실내, 서랍 등을 통해 상징적으로 드러낸다. 시인의 고립의식이 가장 인상적으로 형상화된 작품은 「독방」이다. 여기에서 '7호실'에 갇힌 존재로서 자신의 현재적 조건을 인식하는 자의 자의식이 나타난다. 아마도 방의 주인이었을 7호실의 '나'는 방에 있는 다른 사물들처럼 방에 흡수되어 '독방'의 일부로 다시 태어난다. 이제 독방이 '나' 대신 새로운 주체가 되어 감정을 표현하고 사유한다.

7호실에는 의자가 있다 7호실에는 책상이 있고, 그 위에 손목시계
형광펜 삼색 볼펜이 있다
　독방에는 옷장과 거울, 창문에 커튼, 거기에 서성이는 것들

　전기밥솥에 하얀 어둠이 있다 어둠은 복도를 걸어가 얼룩으로 남는
다 생각났다 사라지는 것들로부터 얼룩은 나를 구분한다

　4층은 혼자가 아니다 밤마다 문틈으로 들어오는 복도의 불빛, 녹색
은 안전할까 건강할까 이웃일까
　이웃은 말하지 않는다

　곳곳에 초대되지 않은 이름들, 4층은 혼자가 아니다 누구나 초대하
고 감금할 수 있다
　누구의 방문도 거절할 수 있다 독방은 몰두하며 망설인다

　수감자는 어떤 것에 흥분한다 복도의 발걸음 소리, 복도의 끝과 끝
에서 나는 메아리, 고양이 울음, 쫓기고 쫓는 발걸음, 멈춤
- 「독방」 전문

　7호실의 주인은 사람인 '나'였을 것이지만, 7호실을 채우
고 있는 것은 사물들이다. 책상과 손목시계, 형광펜, 옷장, 거
울, 커튼 등의 사물들이 나 대신 7호실의 주인이다. 나는 "사라
지는 것들로부터 얼룩은 나를 구분한다"에서처럼, 희미한 흔
적 같은 존재에 불과하다. 7호실은 이제 하나의 인격이 되어 4
층에서의 관계들에 대해 의식을 집중한다. 7호실에 이웃해 있
는 방들이 있으므로 7호실은 혼자가 아니지만, 혼자가 아니라

고 말하기 어려운 까닭은 7호실은 이웃에 대해 알지 못하기 때문이다. 7호실 독방은 이웃이 방문하는 것을 허락하는 것에서조차 망설임을 갖고 있으므로 고립된 장소가 되며 나는 독방에 갇힌 수감자가 된다. 이웃의 방문을 받아들이거나 거부하는 것은 독방의 자유로운 선택처럼 보이지만, 외부와 차단된 채 전혀 소통하지 못하는 7호실은 감옥과 다름없다. 7호실 안의 사물들보다 희미한 존재였던 나는 시의 마지막 연에 이르러서는 완전한 객체가 되어버린다. 나는 '수감자'로 지칭되며, "어떤 것에 흥분"에서 알 수 있는 것처럼 나의 감정까지도 타자화되기 때문이다.

이곳은 역사驛舍처럼 늘 흐르고 있어
나가는 것과 들어오는 것의 환영사와 이별사가
끊임없지
사라지는 것과 다가오는 것,
그것은 우리의 뜻과는 상관없는 일이야
짤랑거리는 동전이 비웃을 뿐

아무래도 우리는
미궁 속의 거주민이 되어 가는 듯해
이렇게 무거워진 저녁엔
하루 속 나의 분신을 헤아리곤 하지

탈출구가 밀폐된 곳에선
스스로 출구를 개척해야 해

사색의 파문이 무한히 확장되는 곳

지금 나는 이곳에서

미래로의 출항을 상상하는 중이야

– 「주머니 속 상상」 부분

위 시에서 '주머니'는 화자가 자신이 머물고 있는 현재적 공간의 특성을 임시성으로 인식하고 있음을 잘 보여준다. 주머니라는 지극히 협소한 공간에서 화자는 탈출을 꿈꾼다. 그는 그가 머무는 이곳은 정착할 곳이 아님을 잘 알고 있다. 무수한 것들이 들어오고 나가는 역사(驛舍) 같은 주머니에서 화자는 "사라지는 것과 다가오는 것,/그것은 우리의 뜻과는 상관없는 일이야"라고 중얼거린다. 주머니 같은 이곳은 안식의 장소가 아니라 그가 벗어나야만 하는 곳이다. 그러나 출구가 없는 답답한 주머니 같은 장소들은 도처에 있다.

노수승 시인의 시적 자아는 임시 거처인 이 세상에서 살아가기 위해 자신의 진짜 모습을 감추고 위장한다. "나에게 더 많은 얼굴이 필요하다 써버린 얼굴은 자취만 남고 내가 오래 머물 수 없는 곳이 허공의 대륙이어서 밖을 닫는다"(「고립」), 그리고 "기억에서 잊혀 고립된다는 것//한 번 갇히면 나올 수 없는 벽이 있다//자주 열지 않으면 벽이 되는 문이 있다"(「서랍」) 등에서 시인의 시적 자아는 가면을 쓰거나 분장하여 자신을 위장한다.

런던아이에 올라 머리 말리고 낮잠 잔다 나는 곡선으로 잠들고 세
상은 직선으로 자란다 이 곳은 멀리를 높이라 부른다 오를수록 가까
운 곳이 지워지고 먼 곳은 꿈틀댄다 태풍이 와도 시계는 뒤돌아가지
않는다 시선이 점점 곤두서고 저 아래 급히 걷는 사람들 사이에 내가
있다 썩는 것은 스스로 넘친다 딸기를 좋아하는 아이가 딸기는 무섭
다고 했다 올려보는 아이들이 풀벌레 소리 내며 몽돌이 되는 지상의
내력, 높이 오르는 것은 가혹하다

비는 사선으로 내리고 새는 수평으로 진다 비 맞으며 풍경 가로지
르는 새는 세찬 파도를 넘는 중, 완성되는 일이 없어 이따금, 비 내린
다

－「피크닉」 부분

위 시에서 화자는 인식의 주체인 나와 또 다른 나의 분신으로
분열되어 나타난다. 의식의 주체인 나는 '런던아이'에 올라 "저
아래 급히 걷는 사람들 사이에 내가 있"음을 본다. 런던아이에
서 화자인 그동안의 나의 삶이 맹목적으로 빠르게 걷기만 하는
군상들 속의 한 사람에 지나지 않았다는 사실을 자각한다. 길
을 분주하게 걷는 또 다른 나를 발견하는 순간 나는 절망적인
고립감에 빠지게 된다. 정체성의 혼란에 빠진 자신을 발견할
때, 시인의 시적 자아는 일상이 아닌 장소로 떠난다. 그에게 여
행은 나를 찾아서 떠나는 여정이다. 야생성이 살아 있는 그곳
에서 그는 「백패킹」의 '늑대'에 삼켜져 숲에서 영원히 잠든 존
재로 다시 태어나기도 하고, 「도나우」의 형체가 다 사라진 모
래바람처럼 형상에서 자유로운 존재가 되기도 한다. "내 몸은

모래바람처럼 흩어지곤 다시 무덤이 된다/성이 된다//호흡만 있는 빈집이 된다/침묵 속으로 선율이 가라앉으면 도나우는 도나우인 채 햇살을 켠다"(「도나우」) 노수승 시인에게 일상에서의 일탈은 그 자신이 본원적인 존재로 회귀하는 시간이며 장소로 들어가는 것이다.

4. 영속성을 인식하는 시간

생이 영속한다는 인식을 시로 표현할 때, 관념에 머무르기 쉽다. 그만큼 생의 본질적인 문제는 감각화하기 어려운 것이다. 유한한 생명을 사는 존재들이기 때문에 묻게 되는 존재론적 질문에 대해 노수승 시인은 임종하는 아버지, 그리고 생명의 상실과 또 다른 생명이 교차되는 장면을 통해서 유한한 생들을 초월하여 지속되는 생명성을 확인한다.

「아버지와 산책하기」에서 화자가 아버지의 헐렁했던 품과 아버지의 체취를 감각하는 것으로 형상화되기도 하고, 「감자꽃」에서 어린 시절을 환기시키는 노란 색채에 대한 기억으로 나타나기도 한다. 또한 생의 영속성은 「임종」에서는 앙상한 겨울나무 같은 아버지의 마른 손을 잡는 화자의 촉감으로 표현되기도 하며, 「유품」에서는 아버지의 유품을 통한 화자의 기억으로 형상화되기도 한다.

아버지 품은 언제나 헐렁했다
몸내가 잠속에 홍건하여
언제나 밤은 강물을 고요히 건너는 돛배

나는 미처 뱉지 못한 고백처럼 아버지를 부른다
이따금 창밖에 서성이는 아홉 살은 닦아도
닦이지 않았다

초침이 목발 찍으며 멀리 달아날 땐
긴 터널만큼 내일은 멀었다
오늘을 위해 내일을 버렸다

　　　　　　　　　　　　　- 「아버지와 산책하기」 부분

　　위 시에서 화자는 기억과 상상으로써 부재하는 아버지를 감
각한다. 아버지의 품에서 느꼈던 헐렁한 감촉의 기억과 아버지
의 몸내, 잠속에서 느꼈던 아버지, 창밖에서 들여다보았던 아
버지의 모습에 대한 기억 등이 아마도 화자가 바라보는 세상
에 대한 인식과 삶의 방향을 만들었을 것이다. 화자가 미래를
갖지 못할 만큼 일상에 쫓기듯 살아가는 삶은 화자가 아버지의
부재를 자각하면서부터 시작되었을 것이다. 아버지 대신 집안
의 가장으로서의 역할이 만든 고된 현재시간이 반복되는 시간
을 살아왔다.

겨울나무의 용서를, 손짓을
한 번도 깨닫지 못하고

손을 잡았네
나무가 잠시도 쉬지 않고 허공에서
몸을 흔들며 잎을 피워

호수 같은 그늘로
얼마나 품고 싶었는지 모른 채
뼈만 남은 겨울나무의 손을
잡았네

속에서는 여전히 움트고 있는
겨울나무의 사랑을, 손짓을
꼭 잡았네

- 「임종」 전문

    임종 시간은 이 세상에 남겨진 자가 떠나는 존재에 대한 사랑을 최초로 실감하는 시간이며, 후회와 미련의 감정이 복잡하게 뒤섞이는 시간이다. 떠나는 사람에 대해 미처 알지 못했던 감정과 인식이 뚜렷하게 부각되는 시간이다. 위 시의 화자는 육친의 임종 시간을 맞아서야 비로소 인생의 진면목을 대면하게 된다. 이전의 시간 속에서 화자는 겨울나무에 비유된 육친의 용서와 마음의 손짓을 알아차리지 못한다. 육친과 이승에서의 인연이 끊어지는 이별의 순간에서야 화자는 육친이 자신을 매번 용서하고 마음을 표현하였다는 사실을 깨닫게 된다. 그는 임종의 시간에 뼈저리게 후회하는 자신을 발견한다.

    "흥정하는 소리 울창한 장터에서 외줄에 오르던 아버지의 지

워진 생이 여기 있네// (중략) //허공에 남은 아버지의 발자국
에서 새가 걸어 나오네 외줄에 부리를 다듬으며 벼리고 있네
허공에 벼랑이 있어 새는 외줄 타며 일생을 살기로 하네"(「유
품」)「유품」에서 가장으로서 생계의 외줄에 오르던 아버지, 가
장 가까운 혈육과의 영원한 이별을 화자는 경험한다. 그러나
화자는 아버지의 이승에서의 생이 끝나는 자리에서 자신의 생
이 다시 시작되었음을 자각하게 된다. 화자 역시 아버지처럼
가장으로서의 책임을 갖게 되었음을 알게 되는 순간이다. 화자
는 아버지의 유품을 통해 삶의 영속성을 발견하는 것이다. 아
버지의 유품은 아버지의 생이 화자 자신에게 이어지며 또 다른
후손에게로 영속되는 것임을 알게 해 준다.

평생 숨 쉬는 건 지루합니까 고물은 숨 쉬는 걸 멈추고 있나요 고물
더미에선 고물이 아니어도 고물입니까 어쩌다 여기에 오셨나요 가짜
고물이 넘쳐나고 있어요

호흡을 멈추고 있거나 필요한 만큼만 얻는 게 소신이죠 몸에 이력
을 층층 감고 있군요 입으로 말하는 것보다 소중해요

녹물 흐르는 엔틱한 세탁기 속은 커피 한 잔 생각나게 하는군요 고
물 속에서 태어나면 고물입니까 새도 고물일 수 있나요 혈관과 장기
가 훤히 들여다보이는 생명이 태어납니다

심장이 뛰고 있어요 자라서 날면 고물이 난다고 놀리겠군요 요즘
날개가 대세인 것 아시죠 놀랍지 않나요 날개 없인 걸 수도 없는 세

상입니다

　버려진 노인이 손녀를 품고 있네요

-「공존」 전문

　고물은 소용이 다 하여 버려진 것을 가리킨다. 고물은 마치 소용이 있을 때의 생기있는 호흡을 멈추고 있다. 화자는 고물을 들여다보면서 겸허하게 자신에 대해 성찰한다. 노년인 화자가 자신의 일생에 대해 사유하면서 마치 고행의 여정처럼 받아들이는 것처럼 보인다. 고물은 호흡을 멈추고 자신의 삶을 조용히 관조하는 수행자 같다. 자기 자신을 고물이라고 자칭하는 자의 겸허한 인식이 빛난다. 한 개체에서 다른 개체로 이어지는 죽음과 생명의 교차는 우리 삶에서 영속의 시간을 깨닫게 한다. 화자는 노년에 이른 자신의 몸으로 생의 영속성을 감각하고 있는 것이다.

　「새의 외출」에서 옹알이하는 아이, 쌓고 무너뜨리는 놀이를 하며 즐거워하는 아이와 창밖에서 울리는 구급 사이렌 소리는 하나의 시간과 공간 속에서 동시적으로 펼쳐진다. 이곳과 저곳, 탄생과 죽음이 한자리에서 동시적으로 일어나고 스러진다. 아이의 놀이와 창밖의 앰뷸런스가 동시에 교차하는 광경이 제시됨으로써 생의 유한함과 그 한계적 존재를 능가하는 또 다른 개체의 활기가 동시적으로 나타난다.

　노수승 시인은 시집 『스노우볼』에서 일상에서 만나는 작은 존재들에게서 변혁의 힘을 발견하고, 시적 자아의 고립의식을

여실하게 드러내고, 소외된 존재들이 지닌 성스러움을 시로 형
상화 하고 있다. 또한 그는 생의 유한함을 인식하면서도 한 개
체에서 또 다른 개체로 이어지는 영속적인 삶에 대한 인식을
감각적으로 구현한다. 이 같은 생에 대한 성찰은 시인의 겸허
한 내적 심연에서 자연스럽게 솟아나오는 것이다. 시집 『스노
우볼』에서 노수승 시인은 생에 대한 깊은 성찰과 감각적인 시
화(詩化)를 얻음으로써 시인으로서의 지난한 여정에 단단하고
빛나는 한 봉우리를 딛고 서게 된 것이다.

시와정신시인선 38

스노우볼

ⓒ노수승, 2021

초판 1쇄 | 2021년 11월 14일

지 은 이 | 노수승
펴 낸 곳 | **시와정신사**
주   소 | (34445) 대전광역시 대덕구 대전로1019번길 28-7
　　　　　　신창회관 2층
전   화 | (042) 320-7845
전   송 | 0507-075-2874
홈페이지 | www.siwajeongsin.com
전자우편 | siwajeongsin@hanmail.net
공 급 처 | (주)북센 (031) 955-6777

ISBN 979-11-89282-34-9   03810

값 10,000원

· 이 책의 판권은 노수승과 시와정신사에 있습니다.
· 지은이와 협약에 의하여 인지를 생략합니다.
· 잘못된 책은 바꿔드립니다.
· 이 책은 대전광역시, (재)대전문화재단에서 사업비 일부를
  지원받았습니다.